PETIT FÉROCE
contre les Marmicreux

Texte de Paul Thiès
Images de Mérel

PETIT FÉROCE
contre les Marmicreux

RAGEOT • ÉDITEUR

ISBN 2-7002-3163-5
Conception graphique : Marc Fleuret.
Cet ouvrage a paru sous le titre *Petit-Féroce s'en va-t-en guerre.*

PETIT-FÉROCE EST EN COLÈRE

Bonjour !

Moi, je m'appelle Petit-Féroce mais bientôt je serai un GRAND guerrier. J'habite une belle caverne, tout près du lac de la Lune, avec mes parents et mes petits frères.

J'ai les cheveux noirs et très bon caractère, sauf les jours où je suis de mauvaise humeur. Heureusement, je ne suis furieux que quand je ne suis pas content.

Justement, ce matin, tout va de travers dans notre grotte. Pour commencer, Roûmm, mon ronronge apprivoisé et Floup, le renifflou farceur de mon frère Sifflotin, se disputent des graines de tournesucette et des feuilles de saladouce. Ils chahutent joyeusement sur mon ventre, pendant que je dors encore.

Dans mon rêve, je massacre un mammouth avec une rose, et je l'offre (la rose) à ma fiancée Cerise-qui-mord, la fille du sorcier de notre tribu. Cerise est rousse. Elle adore les fleurs (de temps en temps) et les mammouths (chaque soir dans le ragoût).

Moi aussi j'aime les mammouths. Je les dévore, CRIC CRAC CROQUE, si voracement que mon papa Grand-Féroce, qui est pourtant le meilleur chasseur de notre tribu, n'a même pas le temps de les assommer à coups de massue, BOUM !

Les mammouths, je les avale, vlan, vloum, vite ! Ma maman Jolie-Féroce n'arrive pas à les cuire assez rapidement. CRRRR chante le feu qui flambe, MMMM fredonne la marmite, MIAM MIAM MIAM murmure mon petit frère Sifflotin qui essaie de me voler ma tranche de trompe, le goinfre !

Comment ? Les mammouths ne vous intéressent pas ? Attention, ne vous moquez pas des merveilleux mammouths moelleux, ou je vous mords !

Mais pendant que je rêve à mon prochain déjeuner, Roûmm et Floup continuent à se bagarrer sur MON estomac, les insolents. Ils se prennent pour qui, ces deux-là ?

Roûmm et Floup sont les deux animaux apprivoisés de notre famille.

Il faut que je vous les présente ! Roûmm mon ronronge est tout brun, avec de jolies oreilles pointues, de longues dents tranchantes et une queue interminable. Floup le renifflou a un large nez tiède, de grandes oreilles poilues et une poche sur le ventre. Ils sont gentils, paresseux, gourmands et chahuteurs. Un peu comme moi, quoi ! Mais ce matin, je trouve qu'ils exagèrent.

Je gronde :

– Tenez-vous tranquilles, ou je vous transforme en renironge sans queue et en ronronfflou sans oreilles !

Je crie si fort que Floup (qui est plutôt froussard) se cache vite dans la gueule du tigre à dents de sabre posé par terre. Sa grosse truffe noire et tremblante dépasse tout juste d'entre les crocs.

Pendant ce temps-là, j'empoigne Roûmm par le bout de la queue et je l'expédie dans l'espace.

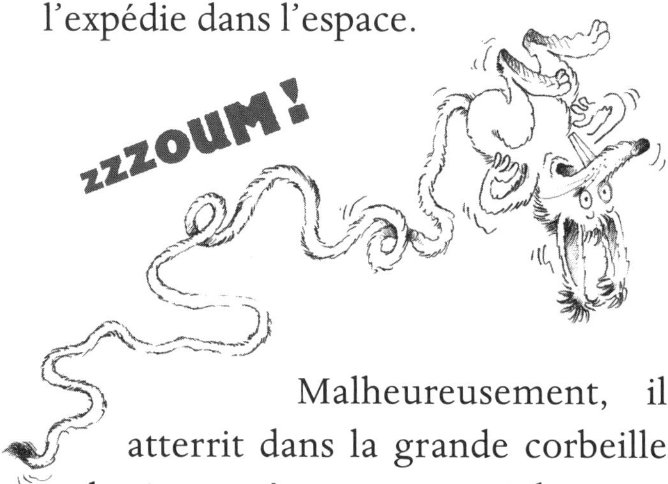

Malheureusement, il atterrit dans la grande corbeille de jonc où maman cajole mon minuscule plus jeune frère, Petit-Sauvage, qui se met aussitôt à brailler de sa voix aiguë, perçante, terrifiante.

Bref, un léger désordre règne dans la caverne. C'est la panique !

Papa hurle, très calmement :

– Petit-Féroce, tu ne fais que des bêtises !

Maman vocifère, d'une voix suave :

– Petit-Féroce, tu ne fais que des sottises !

Sifflotin pouffe sous sa couverture en poil de gro-chameau et ricane :

– Hé hé, Petit-Féroce est plus maladroit qu'un galopître à trois pattes.

Floup sort en catimini de la gueule du tigre. J'ai oublié de vous expliquer, ce n'est qu'un tigre-tapis que mon papa a chassé il y a très longtemps...

Comme Petit-Sauvage hurle de plus en plus fort, Roûmm et Floup essaient de le calmer. Floup l'évente avec ses larges oreilles (FLIP FLAP FLOP fait fébrilement Floup le fripon) pendant que Roûmm lui chatouille le nez du bout de la queue. Ils me regardent tous avec des tas d'yeux rancuniers !

Alors, je grogne :

– Personne ne me comprend dans cette caverne ! Puisque c'est comme ça, je pars camper dans la jungle ! Vous verrez, je suis un GRRRAND chasseur ! Je me débrouillerai tout seul, sans personne !

Je vais leur montrer, moi, à mes parents que je ne fais pas que des bêtises ! Je leur prouverai que je suis un GRAND garçon. Je deviendrai un VRAI guerrier, et tout seul !

Pour commencer, je prépare mon équipement de survie. Je fourre dans un vaste sac en peau de bison une tranche de mammouth séché, ma belle grosse massue, une tranche de mammouth salé, ma lance, une tranche de mammouth fumé, des silex, des pierres à feu et plusieurs tranches de mammouth rôti (ça creuse, de voyager).

Ensuite, je vais remplir une gourde dans le lac de la Lune, je récupère mon sac et je le jette sur mon dos. Il est drôlement lourd. Tant pis : il faut souffrir pour être libre !

Je jette un coup d'œil vers l'entrée de la grotte mais personne ne fait attention à moi. Ils sont sûrement tous occupés à cajoler Petit-Sauvage. Il faut en profiter !

SEUL DANS LA JUNGLE

Je me dirige vers la jungle en marmonnant :

– Enfin seul ! Plus de parents, de punitions, de bêtes bestioles, plus personne !

Et je m'enfonce sous les arbres...

Le temps passe, je marche à grands pas. Le sac m'écrase les épaules.

La pénombre règne sous les branches. Les feuilles murmurent, frémissent, frissonnent…

Des arbres immenses se dressent autour de moi, moussus, sévères, un peu inquiétants. J'essaie de ne pas y faire attention.

La nuit tombe. J'arrive dans une clairière traversée par un joli ruisseau. Je dépose mon sac avec un soupir de soulagement. Je vais camper ici au pied d'un gigantesque séquoia.

Là, je pense mélancoliquement à notre magnifique caverne, à la famille réunie autour du feu dansant, crépitant, odorant… Et moi je suis tout seul au milieu de nulle part !

Il y a peut-être des monstres horribles dans cette jungle, sans compter les affreux Marmicreux, les ennemis de notre tribu…

Tant pis ! Je vais allumer mon feu, et on va voir ce qu'on va voir !

Je détache l'ouverture du sac pour en sortir les silex et une ou deux (ou trois !) tranches de mammouth et… Surprise ! Cerise-qui-mord (vous vous souvenez d'elle, c'est ma fiancée aux cheveux roux) surgit brusquement du sac, hilare, hirsute, avec Roûmm mon ronronge sur l'épaule !

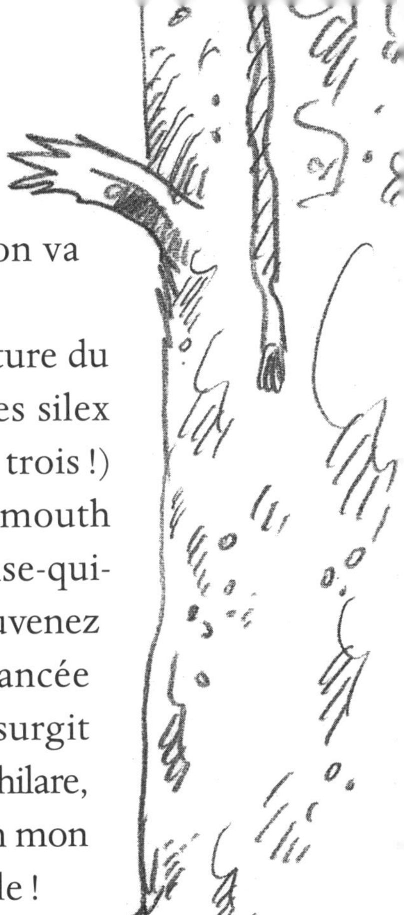

Elle saute sur ses pieds, secoue joyeusement sa tignasse écarlate et s'exclame :

– Enfin ! J'étouffais dans ton horrible sac, mais c'est très gentil de m'avoir transportée si loin.

Je bafouille pendant que Roûmm se jette dans mes bras et me lèche joyeusement le bout du nez. J'ai à peine la force de bredouiller :

– Co-co-comment es-tu là ?

Cerise s'étire, cueille une marguerite, la renifle délicatement et m'explique d'une voix tranquille :

– Je t'ai vu préparer tes vivres et j'ai deviné que tu partais explorer la jungle, alors je me suis faufilée dans ton sac avec Roûmm pendant que tu allais chercher de l'eau. Et comme je m'ennuyais pendant le trajet, j'ai croqué tout ton mammouth. Et maintenant, qu'est-ce qu'on mange ?

Je contemple Cerise-qui-mord les yeux écarquillés, plus ronds que ceux d'une gronouille déguisée en globulaid. Elle a volé mon mammouth et ça l'amuse !

Elle pose coquettement la marguerite sur son oreille et demande :

– Alors, Petit-Féroce, tu es content de me voir ?

Je gémis :

– Beuh…

Elle ricane d'un air narquois :

– Tu es sûrement TRÈS content de me voir. Avoue que tu avais la frousse, seul dans la forêt…

Non seulement Cerise a dévoré tout mon mammouth, mais en plus il me semble que je crois que je soupçonne que j'ai l'impression qu'il n'est pas absolument impossible qu'elle se moque peut-être légèrement de moi. (C'est une vague intuition.)

Roûmm, mon ronronge, a l'air tout content de me retrouver. Il me chatouille le nez du bout de la queue et me chuchote des gentillesses à l'oreille.

Je ne vais quand même pas avouer à Cerise que j'avais tellement peur dans cette jungle que j'avais envie de me cacher au fond d'une trompe de mammouth.

Alors je déclare avec assurance :

– Peur ? MOI ? Moi, je n'ai peur ni des Marmicreux (les Marmicreux sont les grands ennemis de notre tribu), ni des monstromanges affamés !

Et je tape du pied pour prouver mon courage à Cerise. Malheureusement, j'écrase la longue longue queue de Roûmm qui sursaute et me mord le mollet.

Ça fait mal ! Je hurle :

– Aïe ! Affreux monstre ! Catastrophe à crocs ! Espèce de calamité remplie de canines !

Roûmm se réfugie dans les bras de Cerise en me lançant un regard de reproche. Elle lui caresse les oreilles pour le consoler. C'est pas juste ! Moi, personne ne me caresse les oreilles, et pourtant je suis beaucoup plus mignon (et plus intelligent !) qu'un ronronge rempli de dents.

Ah là là ! J'avais bien raison de vouloir partir dans la jungle.

LES MARMICREUX SONT LÀ !

Cerise examine la clairière et décide sans me demander mon avis :

– Bon ! On s'installe ici et on campe pour la nuit. Comme je suis ta fiancée, c'est normal que je m'occupe de tout.

Aïe aïe aïe ! C'est louche…

Cerise continue :

– Pour commencer, tu arraches les chardons, les orties et les ronces pour que je ne me pique pas les pieds, ensuite tu coupes du bois pour le feu, ensuite tu puises de l'eau dans le ruisseau, ensuite tu trouves de quoi manger, ensuite tu creuses plusieurs pièges à Marmicreux, ensuite…

Je gémis :

– Oh là là ! Moi qui voulais faire tranquillement la sieste…

Cerise me foudroie du regard et me demande d'une voix glaciale :

– Alors je te dérange ?

Ouh là ! Méfie-toi, Petit-Féroce, ou bien elle utilisera une des formules magiques de son père le sorcier pour te transformer en chou-chèvre, en chourare, ou même en choupire… Il faut vous dire que ma douce Cerise est à la fois très magique et terriblement susceptible.

Je bredouille donc :

– Bon ben bof… Hum… je suis RAVI de te voir.

– Tu es sûr ? gronde-t-elle d'une voix menaçante.

J'affirme avec empressement :

– ABSOLUMENT ravi. Je me disais justement : « Quel dommage que Cerise ne soit pas là pour me demander de couper un GROS tas de bois, et de puiser BEAUCOUP d'eau, et de préparer un DÉLICIEUX repas et de creuser des tas de trous TRÈS profonds... »

Bref, je creuse les trous, je puise de l'eau, je coupe du bois et je noue solidement la longue queue de Roûmm mon ronronge autour d'un fagot. Il n'est pas content, mais il le mérite, le misérable : il a aidé Cerise à me rattraper au fond de la jungle, ce traître !

Ensuite, je grimpe dans un arbre pour y chercher un nid et des œufs de fragiffou. Les fragiffous pondent des œufs énormes et ça donne des omelettes formidables !

Roûmm m'accompagne pour grignoter quelques branches et je m'accroche à sa queue pour ne pas dégringoler. Il pleurniche un peu (il est douillet), mais je l'embrasse sur le museau en le félicitant :

– Bravo ! Tu es le ronronge le plus fort de la jungle.

Tout content, Roûmm me mordille les doigts de pied pendant que je fais cuire l'omelette de fragiffou, à laquelle Cerise ajoute des rondelles de tristoumate et des tranches de radimoche cueillis dans la clairière. Ensuite nous savourons notre repas pendant que les flammes jouent sur les troncs des arbres, sur les dents aiguisées de Roûmm qui déguste une cracarotte, les cheveux rouges et les yeux verts de Cerise.

Je ne sais pas pourquoi, mais je trouve ce repas spécialement délicieux, sans doute parce que je l'ai préparé tout seul, sans que papa Grand-Féroce l'ait chassé, sans que maman Jolie-Féroce l'ait cuisiné. Pourtant, maman me demande chaque jour de l'aider à remplir les marmites et moi j'invente chaque jour un prétexte pour aller jouer avec les copains.

Mais là, c'est différent ! Je suis content d'avoir réussi ce repas tout seul, même si Cerise, ma douce fiancée, m'a un peu forcé. Quand on sera grands Cerise et moi et qu'on habitera ensemble dans notre caverne rien qu'à nous, je lui préparerai TOUJOURS ses repas. C'est juré ! Sauf si je me sens trop paresseux et que Cerise me mijote gentiment un mammouth surprise. Je saisis sa main.

– On est bien ensemble. Je suis VRAIMENT content que tu sois là.

Elle me sourit si gentiment que je me sens prêt à lui offrir un bouquet de baobabs. L'amour c'est (presque) meilleur que le mammouth.

La nuit tombe, le feu décline, la forêt chantonne dans l'obscurité. Roûmm se roule en boule contre moi, et on s'endort…

Je me réveille en bâillant, je me redresse, et je découvre… Catastrophe ! Tremblant comme une feuille, je secoue comme un prunier Cerise qui dort comme une souche et je chuchote sur-le-champ, car ce n'est pas le moment de prendre racine :

– Debout ! C'est l'aurore, c'est même l'aube et surtout c'est GRAVE !

Cerise ouvre les yeux et comprend immédiatement la situation… Les Marmicreux sont là !

Nos terribles ennemis, les affreux Marmicreux, qui se promenaient aussi dans la jungle à la recherche de gibier, ont justement installé leur camp à l'autre bout de la clairière. Ils ne nous ont pas vus à cause de l'obscurité mais s'ils nous aperçoivent maintenant, on est cuits !

Roûmm piaille de terreur : il a peur de rôtir dans les marmites des Marmicreux. Je le bâillonne en nouant sa queue autour de sa truffe et je murmure à l'oreille de Cerise :

– Fuyons !

Elle hoche la tête en silence et me serre doucement la main. Ça me donne du courage. Nous commençons à ramper sur l'herbe, pendant qu'au fond de la clairière les Marmicreux hurlent leur chant de guerre :

Vive les marmites et les affreux,
Vive les mammouths et les méchants,
Les Marmicreux sont valeureux !
Vive les massacres, on veut du sang,
Les Marmicreux sont des géants !

J'écarquille les yeux pour mieux distinguer les Marmicreux entre les gros bouquets de fougères géantes. Le plus grand des Marmicreux, le plus fort, le plus moche, c'est leur chef.

Le fameux Tigre-Tordu. Il a le nez cassé comme un bec de fragiffou et des oreilles trouées comme des passoires tellement il s'est battu. Il paraît qu'il est si goinfre qu'à la fin des repas il avale AUSSI la marmite ! J'avoue qu'il me fait peur, même de loin.

Mais ce qui m'étonne, c'est de voir un garçon de mon âge juste à côté de Tigre-Tordu. Je tends l'oreille et le vent de la jungle m'apporte les mots des ennemis. Le garçon s'appelle Guépard. C'est le fils de Tigre-Tordu et il l'accompagne pour apprendre à faire la guerre. Un jour, dans longtemps, ce sera lui le chef de nos ennemis ! Pourtant il a l'air plutôt sympathique, au moins autant que mon cousin Gobe-Gobe avec qui je me bagarre sans arrêt.

C'est vrai, ça ! Pourquoi ce Guépard, un garçon que je ne connais même pas,

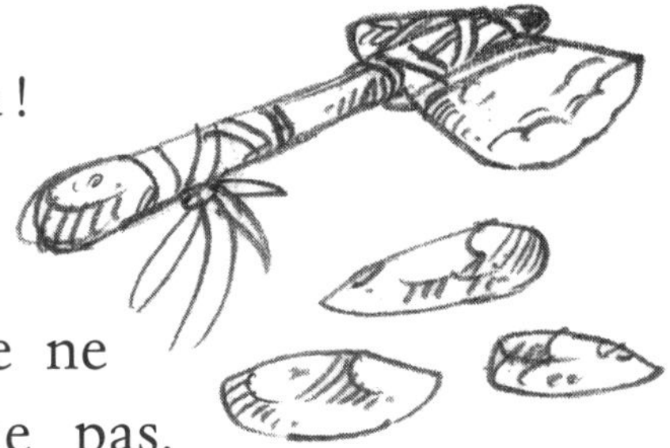

est-il mon ennemi rien que parce qu'il est né chez les Marmicreux ? En y réfléchissant, je trouve ça injuste.

Je ne comprends pas ces histoires de guerre ! On pourrait rigoler ensemble et je pourrais l'inviter dans MA caverne au lieu de me retrouver dans SA marmite ! Nous, les enfants, on ne devrait pas se battre.

Cerise me donne un coup de coude et me chuchote à l'oreille :

– Ils se préparent à nous attaquer. Il faut prévenir nos parents, et la tribu.

J'ajoute :

– Et creuser des tas de pièges…

Roûmm précise :

– Rrrrrîîî…

Ce qui veut dire :

– Et me dénouer le museau le plus tôt possible !

Je lui caresse le dos pour qu'il se tienne tranquille. Derrière nous, le chant des Marmicreux résonne toujours. Leur chef, Tigre-Tordu, crie à pleins poumons :

– Une fois Marmicreux ?

Les guerriers hurlent tous ensemble :

– TOUJOURS MARMICREUX ! À L'ATTAQUE !

LA GUERRE SE PRÉPARE

Cerise, Roûmm et moi, on retourne en courant au bord du lac. Les Cavernois doivent s'organiser le plus vite possible !

Finalement, c'est presque une chance que les affreux Marmicreux préparent une attaque. Cette nouvelle est si grave que papa et maman en oublient ma fugue, ils ne me grondent pas du tout.

Ils me félicitent même d'avoir sauvé la tribu tout entière grâce à mon courage. J'en rougis de fierté jusqu'au bout des oreilles. Heureusement qu'elles sont moins grandes que celles du renifflou, mes oreilles, sinon ça ferait vraiment bizarre.

– Tu n'avais pas peur dans la jungle ? me demande quand même mon papa Grand-Féroce en s'approchant de moi.

J'hésite pendant un court moment. J'avoue que j'ai envie de lui mentir, de me vanter, de lui jurer que je suis aussi courageux qu'un tigre à dents de sabre et que rien ne m'effraie jamais. Mais comme mon père me regarde très sérieusement, je décide de lui dire la vérité. Je lui souris et j'avoue timidement :

– Ben si, j'ai eu drôlement peur, papa ! Je suis content que tout soit fini !

Il n'a pas l'air fâché, au contraire. Il pose sa main sur mon épaule et m'explique gravement :

– Alors je te félicite, Petit-Féroce. Les grands guerriers savent que le vrai courage, c'est de vaincre sa peur. Et ça, c'est très difficile !

Je réfléchis à ça et je réponds d'une voix claire :

– Ah oui papa ? Tu sais, je trouve que c'est quand même plus facile d'avoir du courage que de tirer la trompe d'un gros mammouth !

Papa éclate de rire, me soulève dans ses bras et s'exclame :

– Tu as tout à fait raison, mon fils !

Et là, je suis ENCORE plus fier !

Les tambours de nos guerriers résonnent pendant des heures. Le père de Cerise, le sorcier Arbre-Rouge, convoque le grand Conseil de guerre des Cavernois. Tous les adultes y assistent : papa, maman, ma tante Gentille-Cabriole et

mon oncle Très-Très-Brutal, le frère de mon papa, qui brandit gaiement sa plus belle massue.

Mon oncle est ravi : il adore se battre. Lorsqu'il s'ennuie, il démolit des tas de baobabs à coups de massue, pour se distraire, puis il démolit des tas de mammouths à coups de baobab. Ensuite, la famille mange les mammouths, pendant que mon oncle se fabrique des massues neuves en bois de baobab. C'est très commode, et comme ça tout le monde est content. Je le trouve drôlement astucieux, l'oncle Très-Très-Brutal !

Malheureusement, les enfants n'ont pas le droit d'assister au grand Conseil de guerre. C'est pas juste ! Après tout, c'est moi qui ai donné l'alerte !

Œil-d'Écureuil et Oreille-de-Renard, les petits frères de Cerise, qui ont les cheveux aussi roux qu'elle, sont très déçus eux aussi.

Je ronchonne :

– Moi, les Marmicreux ne m'effraient pas ! Moi, les Marmicreux, j'en fais de la salade !

Mon cousin Gobe-Gobe (c'est le fils de mon oncle Très-Très-Brutal, en réalité il s'appelle Terrible-Gobeur-de-Monstres, mais il n'est même pas capable de croquer un monstricule de rien du tout) ricane :

– Hé hé... Petit-Féroce raconte des salades, mais s'il rencontrait un vrai Marmicreux, il se cacherait sous un brin d'herbe comme un chenillou effrayé !

Sifflotin proteste :

– Ne te moque pas de mon grand frère ! Petit-Féroce, c'est un héros !

Il me fait vraiment plaisir, Sifflotin. C'est vrai que je suis un héros. Un héros modeste, en plus. Gobe-Gobe, ce jaloux pas joli, braille :

– Tais-toi, sale Marmicreux ! Traître !

Il faut vous dire que Sifflotin n'est pas un Cavernois comme nous, mais un orphelin marmicreux qui habite dans notre caverne. Mes parents l'ont adopté et je l'aime autant qu'un vrai petit frère. Seulement, Gobe-Gobe est parfois méchant avec lui.

Moi, vous me connaissez, je suis un garçon TRÈS raisonnable. Je suis gentil, pacifique, amical, et je déteste qu'on embête mon petit frère Sifflotin.

Alors j'empoigne la massue que mon papa m'a donnée pour mon anniversaire et broum ! J'en flanque calmement un grand coup sur le crâne de Gobe-Gobe qui s'effondre sur le derrière. Et la bagarre commence !

Floup le reniflou, qui veut défendre son maître, bondit sur le ventre de mon cousin en claquant triomphalement des oreilles. Gobe-Gobe se relève et se jette sur moi mais il trébuche sur la longue, longue queue de Roûmm mon ronronge et s'étale par terre. Sifflotin lui saute dessus et l'empoigne par les oreilles : il faut dire que si les oreilles de Gobe-Gobe sont beaucoup moins larges que celles de Floup, elles sont beaucoup plus rouges.

Œil-d'Écureuil et Oreille-de-Renard se jettent sur nous en rigolant et la bagarre devient générale ! Je fonce dans le tas et on se massacre gaiement jusqu'à ce que Cerise hurle :

– Tenez-vous tranquilles ou je vous transforme tous en tartichauds !

Malheureusement, ma cousine Galipette, qui n'est pas encore intervenue, n'aime pas beaucoup Cerise, et pas du tout les tartichauds. En plus, elle veut toujours aider Gobe-Gobe, son frère.

Elle arrive par-derrière (on est rusés dans la famille) et pousse Cerise si fort qu'elle trébuche sur Floup qui sursaute et bouscule Roûmm qui piaille et mord

Sifflotin qui crie et donne un coup de pied à Gobe-Gobe qui grogne et me flanque un coup de poing sur le nez qui me fait drôlement mal, c'est pas drôle !

Pas de chance : le grand Conseil de guerre des adultes est fini.

L'oncle Très-Très-Brutal félicite ses enfants de s'entraîner au combat, mais maman Jolie-Féroce bougonne :

– Petit-Féroce ! Tu as déchiré ton pagne ! C'est la guerre, et pendant la guerre, je n'ai pas le temps de faire de la couture !

Papa ronchonne :

– Petit-Féroce, tu as ébréché ta massue ! C'est la guerre et pendant la guerre on ne gaspille ni les massues, ni les mammouths, ni les massacres !

Gobe-Gobe et Galipette rigolent, Sifflotin, Œil-d'Écureuil, Oreille-de-Renard, Floup et Roûmm prennent l'air innocent, et moi je baisse la tête.

Et voilà ! C'est ENCORE ma faute !

Vivement la guerre ! On tapera sur les Marmicreux seulement, et plus personne ne me grondera. D'ailleurs, je massacrerai des tas d'ennemis pour que papa et maman comprennent quel gentil petit garçon je suis !

ON CAPTURE UN ENNEMI !

Les jours passent, nos guerriers se préparent et moi, je me sens de plus en plus nerveux : les affreux Marmicreux risquent de nous attaquer à tout instant…

Une nuit, alors que je dors tranquillement dans notre caverne, un bruit bizarre me réveille en sursaut.

J'écarquille les yeux dans l'obscurité et j'aperçois une ombre suspecte qui rampe à côté de moi. Je me redresse, prêt à hurler, mais Floup le renifflou me flanque un grand coup d'oreille pour me faire taire. L'ombre, c'est Sifflotin. Ébahi, je chuchote :

– Qu'est-ce que tu fais ?

Sifflotin murmure :

– Je pars en expédition avec Floup dans la jungle. Je veux prouver à papa et maman, et à Gobe-Gobe, et à tout le monde, que je suis aussi courageux qu'un vrai Cavernois. J'ai un plan. Tu viens avec moi ?

Je me gratte la tête en grimaçant. Franchement, je n'ai pas tellement envie de retourner dans une jungle bourrée d'ours qui coursent des loups qui jouent à saute-mouton avec des tigres horribles. Sans compter les fourmis rouges, les panthères noires et les féroces Marmicreux.

Mais Sifflotin est mon frère cadet. Je suis l'aîné, je dois le protéger. Je décide donc de l'accompagner. J'ai du mal à convaincre Roûmm, ce froussard. Il refuse absolument de sortir de sous la couverture, alors je l'attrape par la queue et je l'accroche à mon épaule, comme un régime de bananes.

Ensuite nous nous glissons silencieusement hors de la grotte. Là, j'interroge Sifflotin :

– C'est quoi ton plan ?

– Mon plan ? C'est très simple, on va capturer un Marmicreux, me répond-il tranquillement.

– Quoi ?

– Ben oui… Après, papa et maman seront fiers de moi. Tu veux bien m'aider ? me demande-t-il d'une voix suppliante.

Il est courageux, mon frère. Même un peu trop, je trouve. Mais peut-être que les Marmicreux dorment paisiblement à l'autre bout de la jungle et que nous n'aurons pas trop d'ennuis.

Je soupire, dépose Roûmm par terre, et l'expédition commence. Nous ramassons un des filets dont papa se sert pour la pêche et nous nous enfonçons dans la jungle.

Au début, tout va bien. La lune brille dans le ciel. Elle éclaire faiblement les buissons et les arbres mais je ne vois ni ours, ni tigres, ni Marmicreux. Seules quelques fourmis rouges se baladent sur la truffe noire et ronde de Floup, qui les chasse à grands coups d'oreilles.

Sifflotin lui en tire une (d'oreille) et ordonne :

– Tu as fini de t'amuser ? Trouve-moi vite un Marmicreux ! Un beau ! Un grand ! Un gros !

Je chuchote prudemment :

– Heu… Pas trop gros, quand même !

Floup cligne de l'œil, l'air de dire : « Ne t'en fais pas, moi non plus je n'ai pas envie de finir à la marmite ! »

Il enfonce sa truffe humide dans l'herbe et renifle très fort. Sifflotin et moi échangeons un coup d'œil intéressé. Le renifflou a trouvé une piste, sauf s'il flaire un légume baladeur.

On avance, courbés en deux, le cœur battant, et… Floup s'immobilise d'un seul coup. Roûmm sursaute et me grignote nerveusement un bout d'orteil du bout des dents.

J'entends, devant nous, un bruit de pas étouffé, un frôlement prudent, mystérieux. Si je n'étais pas SI courageux, j'aurais (un peu) peur... Accroupi à côté de moi, Sifflotin retient son souffle.

Là ! J'aperçois une silhouette qui se glisse furtivement derrière un séquoia. C'est un Marmicreux ! On va l'avoir !

On s'approche de lui, très lentement, par-derrière, et VLAN ! on lui saute dessus, on le renverse dans le filet et on le ligote avec la queue de Roûmm mon ronronge.

Victoire ! On a capturé un Marmicreux ! Sûrement un grand chef !

Sifflotin l'examine et marmonne :

– Mais ce n'est pas un guerrier !

Il a raison. Le prisonnier est un enfant, un garçon un peu plus vieux que moi. Il a des cheveux bruns, des yeux bruns et l'air furieux.

Je lui demande avec indignation :

– Dis donc, toi, tu ne peux pas être un grand guerrier, comme tout le monde ?

Le prisonnier se débat dans le filet. Il me donne des coups de pied et tire de toutes ses forces sur la queue de Roûmm (je sens qu'il va encore ronchonner, celui-là) et hurle :

GRRR!

– Lâchez-moi ! Lâchez-moi ! Je suis Guépard, et mon père, c'est Tigre-Tordu, le chef des Marmicreux !

Le fils du chef ? Mais oui, je le reconnais ! C'est lui que j'ai remarqué l'autre jour dans la jungle, à côté de son père. Ça change tout. Floup a eu la truffe heureuse. Je rigole :

– Hé hé ! Cette fois, on est de vrais héros. Avoue qu'on t'a joliment capturé ?

Juste à ce moment, un filet tombe du séquoia et nous enveloppe. Catastrophe et consternation ! Carnage et calamité ! Nous sommes prisonniers !

L'AMOUR FRAPPE (FORT)

Sifflotin et moi nous débattons entre les mailles du filet pendant que des cris horribles retentissent entre les branches du séquoia :

– On les tient !

– Ils sont cuits !

– Ah ah ! Rôtis !

– Hé hé… Grillés !

Malheur ! Ce sont des Marmicreux. Il faut nous libérer avant qu'on passe à la casserole. Je tire le bout de la queue de Roûmm et ordonne :

– Allez ! Ronge !

Il glapit :

– Nîîîî… Groûûûû… Ffffûûû…

Ce qui veut probablement dire :

– D'abord tu abîmes ma jolie queue pour ligoter un imbécile qui n'est même pas un vrai guerrier, et maintenant tu veux que je ronge un filet drôlement filandreux. Et si je n'ai pas envie de ronger, moi ? Et si j'attrape des caries ? Une rage de dents, une crampe de canine, un rhumatisme à la mâchoire, une crispation des mandibules ? Si je ne suis plus capable de ronger les baobabs et les branches de chênormes, il faudra que je grignote de l'herbe comme un broutosaure de rien du tout, et ce sera ta faute, et…

Il est parfois un brin grincheux et un poil pessimiste, Roûmm mon ron-ronge, mais ce n'est pas le moment de discuter, alors je crie :

– Ou tu ronges, ou c'est la marmite des Marmicreux, idiot !

Là, il comprend. Il déroule sa queue qui ligotait Guépard, le jeune Marmicreux, et ronge à belles dents le filet qui nous emprisonne.

Les mailles cèdent assez vite. Pendant que Guépard se sauve, Floup, Sifflotin, Roûmm (qui claque de la langue d'un air dégoûté) et moi fonçons vers le séquoia.

Deux formes sinistres, avec des masques en peau de papipluche sur le visage, nous observent sans bouger. Ce sont elles qui ont lancé le filet sur nous !

Je hurle :

– Roûmm ! Rattrape le Marmicreux !

Mon ronronge balance sa queue autour des chevilles du fuyard qui s'effondre à plat ventre.

– Bravo ! Maintenant, capture ces deux-là !

Cette fois, Roûmm me regarde d'un air plaintif, l'air de dire :

– Hé ! J'ai une seule queue, moi !

CLAC!
PAF!

Là, il n'a pas tort, Roûmm mon ronronge. Heureusement, Floup claque si fort des oreilles que les masques de papipluche s'envolent, tombent dans l'herbe, et je reconnais Cerise-qui-mord et ma cousine Galipette !

Je crie :

– Les filles !

Sifflotin braille :

– Les folles !

Il manque parfois de tact, Sifflotin. D'ailleurs, Cerise marmonne d'une voix mauvaise :

– On aurait dû les cuire tout de suite.

Galipette précise :

– Aux petits oignons.

Mais je n'aime pas les oignons, moi ! Et d'abord, qu'est-ce qu'elles fabriquent au milieu de la jungle au milieu de la nuit, ces deux-là ? Hier encore elles se chamaillaient, se disputaient, et là, elles se réconcilient… pour nous embêter, nous, les garçons, les héros. Ah là là ! les filles ! C'est drôlement dur à comprendre !

Je grogne :

– Vous cherchez quoi, ici ?

– On vous a entendus quitter la caverne, et on vous a suivis, explique Cerise.

Galipette ajoute en jetant un coup d'œil intéressé au prisonnier que Roûmm vient de rattraper :

– Passons aux choses sérieuses, qui avons-nous capturé ?

Je proteste :

– NOUS avons capturé ce Marmicreux ! Sifflotin et moi ! Sans l'aide de personne !

Cerise me tire la langue en rigolant.

– Réfléchis, Petit-Féroce, puisque NOUS avons capturé les captureurs c'est que le capturé est NOTRE captif. Tu comprends ?

Oh là là ! Elle me donne mal à la tête…

Pendant ce temps, Galipette s'approche du garçon prisonnier. Elle s'agenouille près de lui, le dévisage, ne dit rien pendant un bon moment, puis elle chatouille gentiment Roûmm entre ses deux dents de devant (il adore ça). Du coup, mon ronronge se roule joyeusement dans l'herbe, sa queue se détend. Le jeune Marmicreux est libre. Il se relève et déclare :

– Attendez un peu ! Je vais tous vous écrabouiller !

Galipette approuve, les yeux brillants :

– Oh oui…

Le garçon ajoute :

– Et puis vous exterminer !

Galipette murmure en joignant les mains :

– D'accord…

Le garçon précise :

– Et puis mon papa vous anéantira !

Galipette susurre d'une voix tendre :

– J'adorerais ça…

Le garçon conclut :

– Et ensuite, il vous martèlera, vous coup-de-massuera, vous massacrera et vous marmitera ! Aux petits oignons !

Ils commencent tous à m'énerver, avec leurs oignons, mais Galipette applaudit :

– Quelle MERVEILLEUSE idée !

Sifflotin et moi on se regarde. Elle est devenue folle ?

Cerise, qui est très maligne, comprend immédiatement et s'écrie :

– Galipette est amoureuse !

Je gémis :

– Oh non !

Cerise réplique :

– Oh si ! Regarde sa tête !

Je regarde et je dois me rendre à l'évidence : les yeux de Galipette sont si larges qu'on pourrait y faire entrer des crocodiles dans le sens de la longueur et des girafes dans le sens de la hauteur. Elle contemple Guépard avec un petit air ravi complètement exaspérant.

Cerise a raison. Ma cousine est tombée amoureuse du fils du chef marmicreux !

LES MARMICREUX PASSENT À L'ATTAQUE

L'amour triomphe ! Cette jungle va devenir drôlement romantique. Sauf que, brusquement, des cris de guerre retentissent à travers les arbres. Je demande :

– C'est quoi, ça ?

Guépard répond avec flegme :

– Oh, rien de grave. C'est simplement mon papa qui se prépare à massacrer tout le monde.

Sifflotin proteste :

– Eh, on ne veut pas être massacrés, nous… On ne massacre pas les gens sans leur demander leur avis !

Galipette soupire, les yeux dans le vague :

– Mais si, mais si…

Décidément, elle est plus folle qu'un fragiffou tombé du nid, ma cousine. Après tout, moi aussi je suis amoureux de ma jolie Cerise-qui-mord, pourtant ça ne m'empêche pas d'être un garçon intelligent, et astucieux, et perspicace, si, si…

Justement, Cerise, qui n'a rien contre un petit massacre de temps en temps, à condition d'être du bon côté de la massue, grogne d'une voix menaçante :

– Je vais la changer en catastrophopithèque, moi, et on sera tranquilles !

Ça, c'est ennuyeux. Dans la famille, il y a déjà l'oncle Très-Très-Brutal qui croque une massue à chaque petit déjeuner, le cousin Gobe-Gobe avec qui je me bagarre tout le temps, sans compter Petit-Sauvage qui braille toutes les nuits dans sa corbeille, je trouve que ça suffit comme catastrophes.

Heureusement, Sifflotin, qui perd rarement son sang-froid, intervient et propose à Guépard :

– Empêchons la guerre. Après tout, j'étais un Marmicreux, moi aussi, mais maintenant j'aime papa Grand-Féroce, maman Jolie-Féroce et tous les Cavernois. Je ne veux pas que mon ancienne et ma nouvelle tribu se fassent du mal.

Il soupire :

– Y compris Gobe-Gobe qui est parfois gentil avec moi. Je refuse qu'on s'entretue !

– Sifflotin a raison ! il faut arrêter ça ! s'exclame Guépard en saisissant la main de Galipette.

Finalement, je le trouve sympathique, même s'il a un peu abîmé la longue longue queue de Roûmm mon ronronge et la cervelle de ma cousine Galipette.

Le jeune Marmicreux se gratte la tête et avoue :

– Moi non plus, je n'aime pas les combats. Je préfère rêver la nuit dans la jungle, regarder le ciel et la lune. Malheureusement mon papa est le chef de notre tribu, alors il organise un petit massacre de temps en temps, c'est son métier.

Il soupire et se serre contre Galipette. Cerise, Sifflotin et moi, on se regarde en rigolant. L'amour, ça file plus vite qu'un galopître !

Guépard murmure à ma cousine :

– Je te trouve très très jolie…

Galipette est tellement ravie qu'elle REtombe en enfance et saute à la corde avec la queue de Roûmm qui REcommence à ronchonner, mais je lui REcommande :

– Sois sage. La paix avec les Marmicreux vaut bien un bout de queue, non ?

Guépard secoue tristement la tête.

– Hélas, mon père est impitoyable ! Il se prépare à attaquer les Cavernois. À l'aube, ses guerriers franchiront le gué du lac de la Lune, et ce sera le carnage.

Catastrophe !

Cerise et moi échangeons un regard consterné. La guerre semble inévitable.

Mais Sifflotin prend un air joyeux. Il se gratte l'oreille droite, il gratte l'oreille gauche de Floup et marmonne :

– Au gué du lac ? Tiens, tiens, si on allait y faire un tour ?

Je lui demande anxieusement :

– Tu as une idée ?

– Oui, mais dépêchons-nous, l'aube arrive ! s'écrie mon petit frère.

Nous courons si vite vers le lac de la Lune que la queue de Roûmm s'accroche aux chardons-croque et que Floup trébuche sur ses oreilles. Galipette et Guépard n'ont même pas le temps de se dire des gentillesses, pourtant c'est bavard les amoureux !

Moi, je trouve que le sentier de la guerre, c'est drôlement fatigant : impossible de s'arrêter en chemin, et en plus on risque de recevoir un Marmicreux sur le coin du crâne !

Le matin rose et bleu illumine lentement l'immense lac de la Lune. Les pierres du rivage, noires et lisses, luisent au soleil de l'aurore…

Sifflotin nous recommande :

– Cachez-vous et attendez !

Il fourre Floup dans mes bras, plonge dans l'eau et disparaît.

Blottis dans un fossé, nous voyons les Marmicreux franchir le gué du lac : des tas de guerriers robustes, râblés, hirsutes, vêtus de peaux de bêtes, bardés de lances et de boucliers. Ils crient, chantent, vocifèrent et brandissent d'énormes massues. Franchement, ils me font horriblement peur.

Soudain, un terrible tourbillon agite le lac de la Lune : la plus grosse des pierres noires qui brillent à la surface se soulève dans un effroyable jaillissement d'eau.

Les Marmicreux battent des bras, poussent des hurlements désespérés, perdent l'équilibre et disparaissent dans l'écume : la pierre noire, c'était le dos du monstre du lac !

Comment ? Vous ne connaissez pas le monstre du lac ? Excusez-moi, je suis un peu distrait. Avec tous ces mammouths et ces massacres, j'ai dû oublier de vous en parler.

Le monstre est un immense serpent couvert d'écailles vertes et glissantes, avec de gros yeux rouges, une longue langue et deux cornes interminables plantées sur le front.

En principe, le monstre du lac habite au fond du lac (c'est logique), mais il remonte parfois à la surface pour discuter avec Sifflotin. Ils sont copains depuis longtemps et ils échangent des recettes de cuisine, par exemple le civet de lapinois ou le dévorosaure à la broche. C'est que le monstre est un faim, pardon, un fin gourmet !

Bref, Sifflotin a demandé au monstre de faire le dos rond à la surface, les Marmicreux lui ont marché dessus et maintenant ils barbotent tous comme des carpoches enrhumées.

Pour le moment, la guerre est très malade, et les Marmicreux aussi !

Guépard, lui, danse de joie et de soulagement, il embrasse Galipette avant de rigoler :

– Pauvre papa ! Il ne massacrera pas beaucoup aujourd'hui.

LA TRÊVE

Après l'aventure du lac de la Lune, Guépard promet à Galipette de revenir la voir très vite et il regagne discrètement sa tribu. Pour nous, c'est la trêve… et la gloire !

Sifflotin devient un héros et personne ne lui reproche plus d'être un ancien

Marmicreux. Je suis très content pour lui, mais attendez un peu la prochaine guerre : je serai héroïque AUSSI !

Je ne vois pas encore comment, je trouverai un moyen.

Remarquez, la guerre, c'est distrayant, mais ça n'empêche pas les catastrophes habituelles. Par exemple, la famille.

Vous vous souvenez de mon autre petit frère, le bébé, le minuscule Petit-Sauvage ? Ces derniers temps, j'étais trop occupé par les Marmicreux pour vous parler de lui, mais ça ne signifie pas qu'il se tienne tranquille.

Au contraire. Figurez-vous qu'il lui pousse des tas de dents blanches et de cheveux noirs, et qu'il commence à parler et à marcher.

Puisqu'il marche, il court.

Donc, il galope.

Donc, il lui faut une monture.

Devinez qui est la monture ?

Vous avez deviné ?

C'est moi ! Moi ! Petit-Sauvage me prend pour un galopître, un trottignon, un sautillard bondissant, un cabricourbe à longues pattes !

Il se juche sur mon dos, m'empoigne par les oreilles et tire dessus comme s'il voulait me transformer en renifflou.

Ensuite il glapit :

– Ba bou gloup…

Ce qui veut dire :

– Allez, avance, on va grimper, gambader, galoper !

Je trouve qu'il a déjà beaucoup de vocabulaire, Petit-Sauvage. Mais je voudrais que Sifflotin cesse de se rouler par terre en se tordant de rire pendant que je cours à quatre pattes et que Petit-Sauvage tire sur mes oreilles pour que j'aille plus vite.

On ne respecte pas assez les frères aînés, dans cette caverne !

Moi, vous me connaissez : j'adore faire plaisir. Alors, pour distraire

Petit-Sauvage (parce que sinon il CRIE, et quand il CRIE les dinosaures grimpent aux arbres et les arbres se mettent à courir dans tous les sens !), je me cabre sur la fourrure de tigre qui sert de tapis, je flanque sournoisement un coup de talon à Sifflotin (hé ! hé ! il faut toujours se méfier des galopîtres) et je hennis autour des marmites en soufflant par les naseaux.

J'en profite pour deviner si au déjeuner on mange du ragoût de mammouth ou de la daube de diplodocus.

Mais soudain, Petit-Sauvage attrape Roûmm qui suçotait tranquillement une graine de tournesucette, et VLAN ! il me fouette le derrière avec le bout de la queue du ronronge en criant :

– Encore ! Cor ! Cor !

Je trouve qu'il exagère ! Roûmm aussi.

En plus, maman proteste :

– Petit-Féroce, arrête de chahuter ! Tu encombres toute la grotte.

Et voilà, c'est TOUJOURS ma faute.

Sifflotin ajoute :

– Il va renverser les marmites et il faudra se contenter de feuilles de friche-friche pas fraîches, c'est effrayant.

Bon, j'ai compris : je suis un incompris.

Je quitte dignement la caverne et... Comment ? Vous voulez savoir si je suis toujours à quatre pattes ? Avec Petit-Sauvage sur mon dos ?

Ben oui !

Bon, bon, j'abandonne PRESQUE dignement la caverne et je galope dans l'herbe pendant que Petit-Sauvage s'accroche de toutes ses forces à mes oreilles. S'il continue, je ressemblerai au reniflou !

Je me sens quand même un peu ridicule ; pourvu qu'on ne rencontre personne.

Et boum ! Qui voilà ? Mes cousins Galipette et Gobe-Gobe qui rigolent comme trois Sifflotin à la fois.

Quelle famille !

Galipette me complimente :

– Comme tu cours vite, Petit-Féroce !

Hum… Je me demande si elle ne se MOQUE pas un peu de moi ?

Gobe-Gobe ricane :

– Ah ah… Mon cher Petit-Féroce, tu dois avoir très foin. Tu veux que je t'apporte une botte de faim ?

OH LÀ LÀ ! Il y a des jours où je voudrais que mon petit frère soit le petit frère de mon cousin pour que je ne sois pas le grand frère de mon petit frère, et que je puisse me moquer de mon grand cousin qui serait le grand frère de mon petit cousin et pas le grand cousin de mon petit frère.

Je suis sûr que vous me comprenez, surtout si vous avez une famille nombreuse.

Heureusement, quand je reviens à la caverne et que je couche Petit-Sauvage, épuisé par la cavalcade, dans sa corbeille de jonc, maman me félicite en souriant :

– Tu es gentil, Petit-Féroce. C'est très bien de m'aider en t'occupant du bébé.

Et elle m'embrasse. Ça me fait drôlement plaisir !

Ensuite, elle me donne un bol de soupe au mammouth. Et Roûmm mon ronronge reçoit un gros tas de saladouces.

On l'a bien mérité !

PRISONNIERS !

Quelques jours plus tard, je me demande toujours comment devenir un héros (sans trop me fatiguer), et vaincre les Marmicreux, et impressionner Cerise-qui-mord, et dompter le sauvage Petit-Sauvage.

Je me promène dans la jungle pour y réfléchir, en compagnie de Sifflotin, de Roûmm et de Floup qui gambadent parmi les cailloux, les champignoux et les artichoux en nous mordillant les genoux quand BOUM ! on nous capture.

Encore ! Ça devient agaçant, cette manie de capturer tout le monde !

Seulement, cette fois, ce sont vraiment les Marmicreux et c'est grave…

Ils nous guettaient lâchement avec leurs lances, leurs massues et leurs pagnes en peaux de bêtes. Ils nous sautent dessus au coin d'un buisson, ils nous ligotent de la tête aux pieds et nous entraînent de leur côté du lac ; et aujourd'hui, pas de monstre à l'horizon…

Bref, nous voilà prisonniers. Les guerriers ennemis nous attachent au poteau de torture. Ils accrochent mon pauvre Roûmm par la queue, à un chênouille épineux, et ils coincent les oreilles de

GRRR !

Floup sous deux énormes massues. De vraies brutes, ces Marmicreux !

Le chef, Tigre-Tordu, s'approche de nous et hurle :

JE VEUX SAVOIR QUI A ENVOYÉ LE MONSTRE L'AUTRE JOUR !

Sifflotin et moi on se regarde. On ne dit rien. Et on n'est pas fiers… Et si Tigre-Tordu voulait utiliser le monstre du lac comme une arme secrète ? C'est terrible. J'avais raison. La guerre, ce n'est pas si drôle que ça.

Parmi les Marmicreux, je remarque Guépard. Il nous observe d'un air ennuyé. Il se fait sûrement du souci. Évidemment, si SA famille nous croque, MA famille ne le félicitera pas, alors SON histoire d'amour avec Galipette finira mal !

Justement, Tigre-Tordu proclame, l'air fier :

– Regarde ton père, mon fils, pour apprendre à massacrer comme les grands.

Oh là là ! je commence à avoir vraiment peur, moi, et si Floup et Roûmm n'avaient pas de jolis poils bruns, ils seraient verts de frousse.

Sifflotin me chuchote à l'oreille :

– Courage, pas la peine de se ronger les sangs, ni de claquer des dents. On filera bientôt ventre à terre et les Marmicreux en resteront bouche bée et langue pendante.

Brrrr… Il a parfois de ces mots, Sifflotin.

Tigre-Tordu, qui ne l'a pas entendu, nous examine triomphalement et explique d'une voix docte :

– Mon fils, il n'est jamais trop tôt pour apprendre à massacrer. Massacrer, c'est la santé. Un petit massacre aujourd'hui vaut mieux qu'une belle hécatombe demain. À massacreur, massacreur et demi. Ne remets jamais à plus tard ceux que tu peux massacrer maintenant.

Guépard l'écoute d'un air absent et marmonne de plus en plus ennuyé :

– Hum… Bien sûr papa. Mais si, exceptionnellement, on les massacrait seulement après la sieste ? C'est une bonne idée, non ?

Tigre-Tordu rugit :

– Silence ! Quand tu seras chef, tu massacreras quand tu voudras ! Pour le moment, tu t'instruis.

Guépard soupire avec résignation :

– Oui papa.

Tigre-Tordu se tourne vers nous et déclare :

– Ou bien vous m'expliquez pourquoi le monstre du lac vous obéit, ou bien je vous massacre immédiatement. Alors ?

J'ai tellement peur que je tremble comme une oreille de reniflou par grand vent, mais Sifflotin affirme :

– On ne dira rien. D'ailleurs mon grand frère Petit-Féroce est un héros ! Il ne parlera JAMAIS !

Il est fou, Sifflotin ! Je gémis :

– Mais si, je vais parler ! J'ADORE parler ! Même un bredouillosaure déguisé en bafouillopithèque ne bavarde pas autant que moi !

Malheureusement, je ne trouve rien d'astucieux à dire, alors je chuchote à Sifflotin :

– Ou bien tu as une idée, ou bien c'est la marmite.

Alors Sifflotin réfléchit, cligne l'œil droit dans ma direction, le gauche dans celle de Guépard, regarde Tigre-Tordu avec le sourire bien franc qu'il utilise pour lâcher un énorme mensonge et explique :

– D'accord, je vais tout vous dire ! Le monstre nous obéit grâce à une baguette magique fabriquée avec un jonc très rare, que j'ai cueilli il y a longtemps au bord du lac de la Lune.

Le chef des Marmicreux fronce les sourcils, réfléchit, hésite un moment et ordonne :

– On y va ! Conduis-nous à l'endroit où poussent ces joncs.

Les Marmicreux nous détachent, libèrent Roûmm et Floup, et tout le monde se dirige vers le lac de la Lune.

Sur la berge, Sifflotin désigne une mince tige noire qui sort de l'eau et affirme :

– C'est ça.

Floup renifle la chose d'un air méfiant. Roûmm, lui, se blottit prudemment entre mes pieds.

Tigre-Tordu gronde :

– Cueillez-moi ce jonc ! Je VEUX que le monstre m'obéisse !

Chacun des guerriers marmicreux s'acharne sur la tige, mais en vain. Tigre-Tordu semble furieux. Guépard suggère d'un air soucieux :

– Hum… Sois prudent, papa. Si on laissait plutôt le monstre finir tranquillement sa sieste ?

Tigre-Tordu vocifère :

– Silence ! Quand tu seras chef, tu seras prudent si ça t'amuse !

Guépard soupire :

– Oui papa.

Tigre-Tordu se baisse, s'arc-boute sur la tige, tire de toutes ses forces…

Et ramène à sa suite une gueule claquante, cliquetante, effroyable, bourrée de crocs larges comme des massues, avec une langue fourchue et sifflante, des yeux énormes qui luisent comme des braises. La tige, c'était une des cornes du monstre du lac !

Et l'idée de Sifflotin un piège terrible !

Il est comme moi, le monstre du lac, calme, gentil et raisonnable, mais il DÉTESTE qu'on le dérange pendant la sieste, alors il pousse des rugissements abominables et balaie d'un seul coup de queue les Marmicreux qui s'enfuient à toute vitesse.

UN ALLIÉ INATTENDU

Sauvés ! Sifflotin se dresse sur la pointe des orteils et adresse un large sourire au monstre ruisselant d'eau. Le grand serpent claque joyeusement des mâchoires et tapote avec amitié la tête de Sifflotin de sa longue langue fourchue.

Il est utile, le monstre, mais je trouve que mon petit frère a quand même de drôles de fréquentations.

Guépard, qui est resté avec nous (il est drôlement courageux, l'amoureux de Galipette), soupire d'un air navré :

– Pauvre papa… Il ne massacrera pas beaucoup aujourd'hui.

Sifflotin caresse délicatement les cornes du monstre qui rigole de tous ses crocs. Il dresse son corps au-dessus de l'eau et fouette la surface du bout de sa queue. Il nous éclabousse de la tête aux pieds ! Ça le rend encore plus joyeux, il remue ENCORE plus la queue et il nous inonde carrément. Au fond, le serpent ressemble un peu à Roûmm mon ronronge. Lui aussi, il aime remuer la queue dans tous les sens.

Sifflotin chatouille un moment le museau du monstre puis il se tourne vers Guépard et lui dit :

– Approche…

– Pour… pourquoi ? bredouille Guépard qui est courageux, c'est vrai, mais pas fou.

– Je veux que mon ami le monstre te connaisse bien, lui explique Sifflotin. Parce que, si tu as des ennuis, il t'aidera, comme tous mes copains.

– Ah oui ? marmonne Guépard sans conviction. Hum… C'est une bonne idée, mais… heu…

Il jette un regard suppliant à Galipette pour lui demander de le sortir de cette mauvaise passe et murmure :

– Je peux faire sa connaissance de loin, au monstre, non ?

– Mais non, mais non, n'aie pas peur. Il ne ferait pas de mal à un mulomoulu, affirme gaiement Sifflotin.

– Mais peut-être qu'il ADORE les Marmicreux tout crus, ricane Gobe-

Gobe qui nous a rejoints. Ça me ferait plaisir qu'il te croque ! Parce que moi, je n'aime pas qu'un Marmicreux parle à ma sœur !

– Laisse-le tranquille ! s'écrie Galipette.

Oh oh ! Elle est prête à défendre son amoureux, même contre son grand frère. C'est très romantique !

Guépard, qui ne veut pas avoir l'air d'un lâche devant elle, respire donc un grand coup pour se donner du courage et s'avance vers le monstre du lac. Bien sûr, il vacille un peu sur ses jambes, mais je le trouve quand même drôlement courageux ! Il s'arrête juste sous le museau du monstre (un museau tellement énorme qu'on pourrait lui ranger un mammouth dans chaque narine !) et attend.

Le monstre observe Guépard de ses gros yeux brillants. Il a l'air de bien s'amuser ! Il agite son énorme tête, claque des cornes et soudain… il se met à chanter !

Les **gros** mangent les petits,
les **très gros** mangent les gro
et les MONSTRES mangent de tout
Les **mammouths** mangent des radis
les marmouches mangent beaucoup trop
et les MONSTRES vous mangent VOUS !

Oh là là ! Guépard se fige sur place. Il devient tout vert !

Je retiens mon souffle. C'est la première fois que j'entends un monstre chanter, et je ne suis pas tellement sûr d'aimer ça !

Galipette et même Gobe-Gobe, qui n'est pas si méchant que ça en réalité, n'osent plus bouger.

Le monstre se gondole de joie ! Il claque des cornes en cadence ! Il s'amuse comme un fou et continue de sa voix caverneuse :

Les Cavernois mangent des radis,
eux aussi, c'est la vie !,
des cracarottes, des lapinois,
les Marmicreux n'importe quoi,
et les MONSTRES… n'importe qui,
n'importe qui… pourquoi pas TOI ?

Aïe aïe aïe. Maintenant, Guépard est blanc comme un flocon de neige. Et si le monstre ne plaisantait pas ? Seul Sifflotin sourit avec confiance.

Mais mon petit frère a raison ! Le monstre se tait et sourit à pleine gueule. Ses crocs énormes brillent au soleil, sa langue fourchue s'allonge, s'allonge… et caresse la tête de Guépard, exactement comme celle de Sifflotin.

Le jeune Marmicreux, soulagé, sourit à son tour au grand serpent et se jette dans les bras de Galipette. C'est TRÈS émouvant !

D'ailleurs, je suis ému.

Premièrement, parce que Guépard ne s'est pas fait croquer. C'est quand même mieux, non ?

Deuxièmement, parce que j'adore les histoires d'amour qui finissent bien.

Je suis un grand sentimental, même quand ma douce Cerise me tape dessus à coups de massue.

Troisièmement, je suis content que le monstre du lac soit de mon avis.

Eh oui ! Le monstre du lac pense exactement comme moi. Il ne fait aucune différence entre un gentil Marmicreux comme Guépard et un gentil Cavernois comme moi. Le monstre n'aime pas la guerre ! Oh, bien sûr, il croque deux ou trois guerriers par-ci par-là, en passant, mais le reste du temps il nage sous les eaux fraîches du lac de la Lune ou il se dore au soleil, le mufle posé sur les rochers brûlants du rivage. Il a la belle vie, le monstre du lac. J'ai parfois envie de lui ressembler.

Eh oui… Ce serait drôlement agréable de barboter dans les eaux vertes et bleues, de remuer mes cornes au clair de lune, de posséder un corps souple et nerveux capable d'arracher les baobabs ou d'étouffer les tigres à dents de sabre. Ce serait bien d'être puissant, invincible, invulnérable. Seulement…

Le monstre est tout seul dans son lac. Il n'a ni père, ni mère, ni petit frère pour lui casser les cornes. Il n'a pas de Cerise-qui-mord pour jouer avec lui, pour se disputer avec lui, pour être fiancée avec lui. Le monstre n'a personne pour l'aimer ! Il reste toujours TOUT SEUL dans son lac, le pauvre.

Je n'y avais pas réfléchi. Je regarde le monstre d'un œil différent. Il claque toujours gaiement des cornes et ça me fait plaisir. Il observe gentiment Guépard, enfin rassuré, et l'interroge de sa voix profonde :

– Je ne t'ai jamais vu par ici. Comment t'appelles-tu ?

– Je suis Guépard, le fils de Tigre-Tordu, le chef des Marmicreux ! Mais je ne savais pas que les monstres parlaient !

– Et moi, je ne savais pas que les Marmicreux tombaient amoureux des Cavernoises, réplique malicieusement le grand serpent.

Guépard rougit ! Galipette rougit encore plus fort et les autres rigolent de bon cœur.

Eh oui ! Cette fois-ci, la guerre finit drôlement bien !

LA PAIX RETROUVÉE

Finalement, il n'y a pas eu de guerre. Depuis leur bain forcé, les Marmicreux sont tous enrhumés et beaucoup trop occupés à éternuer pour nous attaquer.

Dans notre tribu, certains sont contents : par exemple mon papa et ma maman. Ils disent que Sifflotin et

Petit-Sauvage sont tellement insupportables qu'ils n'ont pas besoin des affreux Marmicreux pour faire la guerre tous les jours. Heureusement que MOI, je suis TRÈS sage ! Enfin presque...

Par contre, oncle Très-Très-Brutal ne sait plus quoi faire de sa provision de massues, et mon cousin Gobe-Gobe s'ennuie terriblement à cause de la paix retrouvée, alors il ricane :

– Hé hé… Les Marmicreux, c'est tous des lâches. Des peureux. Des liévreux aux oreilles tordues. Des horribles. Des mochisaures. Des globulaids à poils durs, des nénouillards à poils mous. Les Marmicreux, c'est des pas marrants, des pas grand-chose, des pas possibles.

Seulement Galipette, qui regrette son beau Guépard, s'approche de son frère et lui demande d'une voix glaciale :

– Ah oui ? C'est ce que tu penses de TOUS les Marmicreux ?

– Oui !

– Alors tiens !

Et VLAN ! elle assomme son frère d'un magnifique coup de massue. Ils sont doués, dans la famille. Oncle Très-Très-Brutal est sûrement fier d'elle.

Floup le renifflou (il a très bon cœur, en plus de ses larges oreilles poilues) évente gentiment le pauvre Gobe-Gobe qui gémit et demande à sa sœur :

– Tu es folle ?

Sifflotin explique en chatouillant du gros orteil la truffe humide du renifflou :

– Galipette est amoureuse d'un Marmicreux, le fils du chef. On l'a rencontré dans la forêt.

Gobe-Gobe rougit comme une tristoumate aux poivrons et chevrote :

– Quoi ? Jamais ! Impossible ! Les Marmicreux, c'est des zaffreux ! Des zorribles ! Des zabominables !

Et zou ! Il reçoit un deuxième coup de mazzue. Elle z'énerve facilement, Galipette.

Heureusement que la guerre est finie et que nous savourons les délices de la paix, comme une grande belle famille unie. Œil-d'Écureuil et Oreille-de-Renard arrivent juste à temps pour se jeter dans la bagarre.

Mais au même instant, quelqu'un rigole derrière moi :

– On dirait que mon papa a raison. Un petit massacre de temps en temps, ça détend…

Je me retourne en ouvrant des yeux ronds. C'est Guépard ! Il a fait le tour du lac, il s'est faufilé en cachette dans les hautes herbes et s'est glissé jusqu'à nous, plus habilement qu'un serpent-sifflou à la chasse au lapinois.

Galipette écarquille les yeux et rougit… comme une cerise !

Roûmm pousse un petit grognement de joie et chatouille le nez du jeune Marmicreux du bout de la queue. C'est bon signe : les amis de mon ronronge sont mes amis.

Je souris à Guépard et lui demande :

– Que fais-tu là ?

– Je suis venu en secret pour revoir Galipette, m'explique-t-il d'une voix timide.

Ma cousine semble drôlement heureuse ! Elle s'approche de Guépard et ils s'embrassent sous les oranges, les citrons et les pamplemordamousses qui étincellent dans la rosée.

Ils exagèrent ! Même pour fêter la paix, s'embrasser comme ça, devant tout le monde.

Mais (à la réflexion) ça ne semble pas si désagréable d'exagérer.

Alors pendant que Sifflotin (qui a presque aussi bon cœur que son renifflou), Œil-d'Écureuil et Oreille-de-Renard aident Gobe-Gobe à se relever et partagent avec lui une magnifique tranche de mammouth, Cerise et moi…

Cerise et moi, on se glisse sous un fouillifeuillu et là, on a enfin la paix ! On s'embrasse, on s'embrasse…

On s'embrasse si fort que mes oreilles deviennent toutes rouges. Mon cœur bondit, rebondit, cabriole et caracole pendant que les yeux verts de Cerise s'agrandissent, s'agrandissent…

TABLE DES MATIÈRES

1. Petit-Féroce est en colère ... 7
2. Seul dans la jungle ... 17
3. Les Marmicreux sont là ! ... 25
4. La guerre se prépare ... 39
5. On capture un ennemi ! ... 51
6. L'amour frappe (fort) ... 61
7. Les Marmicreux passent à l'attaque ... 71
8. La trêve ... 85
9. Prisonniers ! ... 95
10. Un allié inattendu ... 107
11. La paix retrouvée ... 119

L'auteur

Né à Strasbourg en 1958, **Paul Thiès** a fait escale à Buenos Aires, Madrid, Tokyo, Mexico, avant d'atterrir plus longuement à Paris. Féru de littérature en tous genres, il est aussi remuant que ses personnages, aime beaucoup les gares et les aéroports, rencontre volontiers ses lecteurs qu'il entraîne dans des aventures endiablées, dans des univers peuplés de héros aussi touchants que malins.
Il a déjà écrit beaucoup de livres pour la jeunesse chez Rageot Éditeur.

L'illustrateur

Mérel est né en Alsace, à Mulhouse. Ancien élève des Arts décoratifs de Strasbourg, il vit en Alsace.
Il a illustré plus d'une centaine de livres pour enfants et publié de nombreux dessins dans différents journaux. Il aime illustrer des textes drôles avec des monstres ou des gamins délurés qui font plein de farces...

Achevé d'imprimer en France en novembre 2004
par l'imprimerie Hérissey à Évreux (Eure)
Dépôt légal : janvier 2005
N° d'édition : 4091
N° d'impression : 97849